AF456562

# ELLE, LUI ET MOI.

PAR A. C.



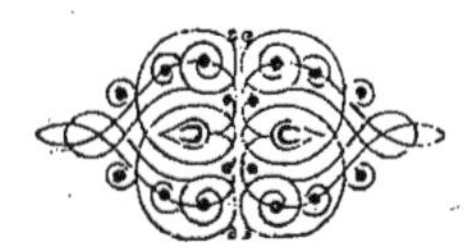

PARIS
A LA LIBRAIRIE PAULIN
RUE RICHELIEU, 60.
1848

# ELLE, LUI ET MOI.

# PRÉFACE.

Le grand mouvement dont nous venons d'être les témoins doit avoir pour résultat l'émancipation du prolétariat. Cette classe, si nombreuse en France, est composée de travailleurs. Pour que les destinées de la révolution s'accomplissent, le premier besoin est d'ouvrir immédiatement toutes les sources de la production, et d'imprimer la plus grande activité possible à la consommation. Par malheur, des craintes fatales arrêtent tout, entravent tout. Apaiser ces alarmes est donc le plus grand service qu'on puisse rendre aujourd'hui à la société. C'est l'objet qu'on s'est proposé dans cet écrit.

# ELLE, LUI ET MOI.

Dernièrement, en rentrant chez moi, je rencontrai l'un de mes amis et sa femme. La femme était en proie à une violente émotion, le mari offrait les apparences de la plus profonde consternation ; ils m'attendaient. La conversation suivante s'engagea entre nous.

**Moi.** — D'où vient, mes amis, l'état dans lequel je vous vois?

**Lui.** — Vous en connaissez la cause!

**Elle.** — La République!

**Lui.** — La société est renversée!

**Elle.** — Et nous allons périr sous ses débris!

**Moi.** — Ah! je vous l'avoue, mon opinion diffère beaucoup de la vôtre. Mais voyons, parlons du passé, examinons le présent, et calculons l'avenir. En 89, convulsion sociale et extirpation des priviléges ; au commencement du siècle, irruption en Europe des idées françaises et renaissance de la civilisation ; à la chute de l'empire, abolition du sabre et conquête de la liberté. En 1830, émancipation de la pensée et de la conscience. En 1848, certitude pour les classes inférieures d'arriver à un ordre moral et matériel meilleur pour elles. Tel est l'itinéraire parcouru. Quels sont les fruits recueillis en route? Egalité civile, politique et religieuse ; unité territoriale ; centralisation consentie par tous pour protéger les intérêts de chacun ; code civil, répertoire de la philosophie des âges, et dernier terme de la civilisation contemporaine ; uniformité de la langue et des mesures ; les pouvoirs constitués par l'élection ; l'inamovibilité pour assurer la justice civile ; le jury pour consacrer la justice politique et criminelle ; la paix pour respecter le droit ; la distinction universellement acquise aux prééminences morales et intellectuelles ; institutions pour élever et développer les générations nouvelles ; caisses pour l'épargne du travail ; instruction pour conjurer le vice et ennoblir l'âme ; affranchissement de la propriété par l'effacement de la confiscation ; reconnaissance des droits de la nature par la suppression de la question ; moralisation du châtiment par la destruction de la marque ; intégrité de l'humanité par l'abolition de la peine de mort. Voilà cette révolution qui excite si injustement vos alarmes! Elle résume la satisfaction de toutes les justices, elle est l'admirable formule de tous les besoins de l'esprit humain. On prétend qu'elle dévaste; calomnie! Sa main puissante garde au contraire et féconde les précieux trésors de sa création. Sa grandeur consiste à ajouter à ses conquêtes, sa gloire, à les conserver!...

**Elle.** — Mais ne rappelle-t-elle pas aussi les plus désastreuses catastrophes?

**Moi.** — J'en conviens. Pour vous rassurer, cependant, recherchez les causes qui les ont produites : des abus enracinés par les siècles et défendus par des intérêts qui en multipliaient la résistance. Aujourd'hui, rien de pareil: les abus sont moins nombreux, moins offensants, moins profonds. On les connaît, on veut les effacer, ils seront détruits. Ce n'est plus un combat, c'est un travail; ce n'est pas même une lutte, c'est un arrangement. Les faits sont accomplis, les grandes conquêtes réalisées, les questions principales résolues, les discussions épuisées. Des développements légitimes vont consacrer les efforts de nos pères et opérer la pacifique consolidation de leur héritage.

**Lui.** — Je ne puis effacer de mon souvenir le caractère sanglant de ces catastrophes.

**Moi.** — J'admets ces impressions; il faut seulement

les raisonner. Admettez de votre côté la différence des temps, les lumières répandues, l'expérience acquise, la longue pratique des fonctions représentatives, l'accroissement de la richesse générale, le développement des institutions, la maturité de la raison publique, le bon sens des masses, la douceur des mœurs, l'amour de l'ordre grandi par l'universalité de son sentiment, l'esprit de fraternité de tous les peuples devenant le premier des pouvoirs par l'uniformité des besoins et l'abréviation des distances. Et pour éclairer seulement quelques souvenirs et signaler les différences : vous avez connu le maximum ! vous avez la liberté du commerce ; les assignats ! le crédit public ; la banqueroute ! le payement des semestres ; la misère du peuple ! les caisses d'épargne. Vous avez eu le désordre et la guerre, vous aurez le travail et la paix.

**Lui.** — La situation n'en est pas moins très-grave.

**Moi.** — Sans doute. Mais elle n'offre pas les périls que vous redoutez. Reconnaissez que mes observations viennent de recevoir une éclatante consécration par l'humanité des combattants dans leurs glorieuses barricades, l'admirable conduite du peuple dans la garde de la cité, la fermeté conservatrice du pouvoir qui nous gouverne.

**Elle.** — Mon émotion survit à vos raisonnements.

Je crains surtout le retour des habitudes sinistres de l'autre époque.

**Moi.** — Il ne me sera pas difficile de rassurer à cet égard la délicatesse des esprits. Ce retour est impossible. Il existe une loi constante et générale, c'est celle du progrès : les formes qui concourent à son avénement successif s'usent dans le travail, se dépouillent du caractère dont elles étaient empreintes, l'abandonnent au passé, et subissent elles-mêmes l'obligation du perfectionnement.

**Lui.** — D'où vient que la maladie de la peur règne, dans certaines classes, à l'état épidémique?

**Moi.** — Ceci est simplement la faute de leur éducation : la restauration et le gouvernement déchu, pour fortifier la solidité de leurs établissements, demandaient depuis trente ans aux échos de leurs pouvoirs la haine de la démocratie; ces échos ont répondu et semé pendant trente ans de menteuses déclamations et des calomnies persévérantes. Voilà comment s'est réalisée cette éducation de la bourgeoisie, à laquelle se rattache le sentiment actuel de ses terreurs. Mais la maladie dont vous parlez s'effacera comme toute impression fantastique.

**Lui.** — Je voudrais bien n'avoir jamais lu l'*Histoire de la révolution* de Thiers!

**Elle.** — Et moi qui viens de terminer les *Girondins* de Lamartine!

**Moi.** — Eh bien ! que vous ont enseigné ces écrits?

**Lui.** — A redouter la guerre civile.

**Moi.** — Impossible. Quel serait l'insensé qui en rêverait la tentative? Les expériences sont décriées, les prétentions vaincues, les partis sans racines; ils ne possèdent même plus les apparences factices qui pourraient faire supposer leur existence.

**Lui.** — Et la guerre étrangère?

**Moi.** — Impossible. L'Autriche réalise l'œuvre de sa régénération ; la Prusse se lève à son tour; l'Italie bouillonne comme ses volcans et proclame sa nationalité; l'Espagne et le Portugal ne peuvent plus marcher contre nous et marcheront bientôt à nos côtés; l'Angleterre salue la glorieuse émancipation de notre pays, et la Pologne lui répondra bientôt par le dernier cri de l'émancipation de l'Europe. Partout les peuples barricadent les chancelleries, le nerf des luttes internationales manque de tous les côtés, et la liste civile des coalitions est tarie en Europe.

**Elle.** — Convenez cependant que cette paix était l'œuvre du gouvernement qui vient d'être renversé.

**Moi.** — Cette paix était l'œuvre du temps. Le pouvoir déchu pratiquait, sans dignité, une chose facile et excellente; nous dépouillerons la honte des moyens et garderons aussi facilement l'excellence de la chose.

**Lui.** — L'effervescence des esprits ne pourrait-elle conduire à l'ambition des conquêtes?

**Moi.** — La France a soif de *grandeur*, et non *d'agrandissement.*

**Elle.** — Nous ne sommes pas mûrs pour la République!

**Moi.** — Contemplez la foudroyante rapidité de la chute, et vous rangerez cette opinion dans la catégorie des préjugés.

**Lui.** — J'ai entendu dire que cette forme n'était pas applicable aux grandes superficies ni aux vastes empires.

**Moi.** — Autre erreur dont l'origine doit être attribuée aux souvenirs du passé. Le sol des républiques de l'antiquité et du moyen âge était compris, il est vrai, dans de petites divisions territoriales ; mais là n'était pas le secret exclusif de leur puissance. Un fait partiel n'est pas une règle absolue. La civilisation a tout modifié. Les États-Unis sont plus étendus que la France, et la France, avec sa robuste centralisation, ses chemins de fer, ses télégraphes aériens et ses communications électriques, est plus compacte que les républiques de la Grèce et de Rome. Dunkerque est aujourd'hui plus près de Marseille qu'Athènes et Sparte n'étaient autrefois près de leurs petites frontières.

**Lui.** — Vous ne contesterez pas la gravité de la crise financière.

**Moi.** — Les crises d'argent se ressemblent toutes en apparence par l'abaissement des fonds publics, l'avilissement des valeurs de l'industrie et du commerce, la timidité, et quelquefois l'émigration des capitaux, la diminution du travail et la terreur des imaginations. De toutes les influences, celle-ci est la plus pernicieuse, parce qu'elle est électriquement propagée par l'égoïsme. Chaque individu s'assimile à tout le monde; la perte partielle est élevée à la dimension d'une calamité publique; et lorsque quelqu'un perd tout, il croit et répand le bruit que tout est perdu. L'effroi des esprits agit comme cause et se produit comme effet. Pour le combattre, comparez le passé au présent, et jugez. Les dernières années du siècle passé succédaient à la démolition complète de l'ancienne société, et elles furent agitées par l'émigration, la guerre civile, la guerre étrangère, la famine, la confiscation et la dépréciation des biens nationaux. L'époque actuelle succède à quarante-huit années de régularité administrative, fondée sur des budgets annuels destinés à produire l'alignement des recettes et des dépenses de l'État : le respect des principes fondamentaux de la société anime l'incommensurable majorité de la population. Point de guerre intestine, aucune chance sérieuse de guerre étrangère; les céréales à bas prix; trois milliards d'espèces métalliques en circulation ; pour garantie du crédit national, la perspective assurée d'une diminution radicale dans les dépenses publiques, et pour ressource immédiate le gage de quinze cent millions de valeurs immobilières dont aucune contestation n'effleure le droit.

**Lui.** — Ces paroles commencent à me ranimer. Mais vous avez la question brûlante de l'organisation du travail.

**Moi.** — L'organisation du travail peut être difficile à résoudre, mais son élaboration sera pacifique. C'est une conciliation à établir entre les forces qui produisent et les capitaux qui rétribuent. La solution sera portée devant l'intelligence et l'intérêt communs. Cet intérêt assignera les limites de la satisfaction et du sacrifice. Les prétentions opposées finiront par se confondre dans un élan collectif pour favoriser l'accroissement de la fabrication, la supériorité des produits, l'extension des marchés de consommation. Et quand l'industrie nationale se sera montrée dans toute sa puissance, alors tous les travailleurs se réuniront de cœur et d'âme à un ordre vraiment social.

**Elle.** — J'accepte l'augure de ces prédictions ; je voudrais seulement être rassurée sur les clubs.

**Moi.** — Volontiers. Et d'abord la conversation en lieu clos n'est-elle pas une amélioration sur l'attroupement à ciel ouvert? Quand les opinions ont un écho considérable dans la conscience publique, elles sont sans péril parce qu'elles reçoivent la sanction de tous; lorsque ces opinions ne répondent à aucun sentiment important, elles sont impuissantes : le dédain les accueille, et il est puéril de les redouter. Sous la monarchie, la résistance opposée au progrès soulève la lutte et produit le désordre; dans le gouvernement de tous, il y a discussion comme condition de régime, et le succès surgit sans combat prolongé. Les questions d'organisation politique et administrative ne sont-elles pas épuisées par un demi-siècle d'études et d'expérimentations? Ce qui en reste sera porté à nos assemblées représentatives. Là, viendront s'absorber l'intérêt et la curiosité universels : isolement et inattention pour les discussions sans autorité. L'oreille craint la redite, et l'ennui, cet ennemi redouté des Français surtout, deviendra, contre l'agitation des clubs, le préservatif de l'ordre. Voyez ce qui se passe au sein de nos grandes associations financières. Que d'appels et de réappels dans les feuilles publiques pour exciter les actionnaires à venir délibérer en commun sur les intérêts qui les concernent! Ce dédain de la réunion a été poussé à un tel degré qu'on a été contraint, dans les compagnies de chemins de fer, composées de huit à dix mille sociétaires, de valider les délibérations par la simple présence de trente actionnaires. Enfin le grand mouvement de

Paris a produit un tel retentissement dans le monde, et il exerce en ce moment, sur l'émancipation des peuples et la consolidation des nationalités, une si puissante action, que le sentiment de la dignité, le besoin de l'harmonie, l'amour-propre de la modération, sont devenus parmi nous l'impression de chacun et l'ambition de tous. La mission européenne de la France poursuit un but si ferme et si déterminé qu'elle ne laisse aucune place, dans les esprits, aux influences de l'agitation subalterne, et elle a été élevée à une hauteur qui lui fait majestueusement dominer les utopies de la rêverie et les murmures des clubs.

**Elle.** — Un point m'inquiète encore : les nombreuses députations qui sillonnent et agitent Paris !

**Moi.** — C'est le petit côté de la question ; en voici le côté important : elles fournissent aux orateurs du gouvernement des occasions fréquentes et solennelles de propager des idées de confiance, d'espoir et de concorde, d'expliquer le sens de l'institution nouvelle en développant la force qui doit lui servir de base, de rallier les cœurs dans le sentiment de la morale publique, de professer pour la cité, le pays et l'Europe les principes qui leur assureront à tous l'ordre, la grandeur et la paix.

**Lui.** — Et le suffrage universel ?

**Moi.** — Il pourrait être un péril dans un temps de

divisions intestines; mais après une telle consommation d'expériences politiques, cette œuvre ne peut que produire sans danger l'expression la plus approximative possible des vœux et des nécessités de tous. Cette situation et les moyens qui l'accompagnent sont exceptionnels comme la conjoncture qui les a fait surgir. La constitution normale, en assurant au pays un mode puissant d'élection approprié à son principe, en réglera sans nul doute les dispositions dans une sphère moins étendue. Elle exigera, par exemple, que les bulletins soient écrits de la main des votants, pour conjurer la chance éventuelle des brigues, stigmatiser l'ignorance, et stimuler dans la classe la plus nombreuse le besoin de l'instruction sans laquelle il n'est point d'initiation aux droits ni aux devoirs de la société, et qui seule possède le pouvoir bienfaisant de développer les facultés morales et d'élever la dignité humaine. Elle pourra se prémunir encore contre la pensée de généraliser l'élection des fonctionnaires secondaires et d'enlever au pouvoir suprême le droit de choisir, sous sa responsabilité, les titulaires de la puissance judiciaire, militaire et administrative. Toute prétention contraire à ces notions fondamentales saperait le principe de la centralisation, sans le respect duquel il n'y aurait pour notre vaste territoire ni cohésion, ni force, ni grandeur. La constitution voudra concilier enfin, dans de judicieuses proportions, la participation du pays au maniement de ses affaires avec la nécessité de ne pas user en agitations stériles, ni dépenser en distractions prodigues, la force et le temps, ces capitaux de tout le monde, si précieux à la gestation régulière du travail national.

**Elle.** — Et cette assemblée des représentants de la nation ? Leur nombre est bien considérable !

**Moi.** — La chambre des communes est composée, à Londres, de près de sept cents membres, et la population française est d'un tiers plus élevée qu'en Angleterre.

**Lui.** — Voici l'instant des élections. Que faire, et qui choisir ?

**Moi.** — Je vais vous le dire. Demandez ce qui suit aux candidats :

1° Êtes-vous de tout cœur pour l'institution démocratique de 1848, sans arrière-pensée de la République de 1793 et des trois monarchies qui l'ont suivie ?

Promettez-vous de déployer vos plus énergiques facultés pour en féconder loyalement les conséquences dans l'esprit de cette devise :

*Liberté* universelle, excepté celle de l'anarchie ;

*Égalité* absolue, sauf prééminence des facultés morales et intellectuelles ;

*Fraternité* avec tous, sans exception ni réserve ?

2° Êtes-vous pour le respect des droits sacrés de l'État, de la famille, de la propriété ?

Promettez-vous d'être fidèle à cette forme des sociétés humaines et d'en sauvegarder les fondements?

3° Voulez-vous que le travail soit honoré et que le sort des travailleurs reçoive toutes les améliorations possibles?

Promettez-vous d'en rechercher et d'en adopter les moyens conformément aux inspirations de la justice et de la raison publique?

Ces simples questions ne seront adressées qu'aux candidats dont on aura préalablement interrogé les mœurs, le patriotisme, l'aptitude et le caractère, et les choix devront se combiner entre les délégations variées de l'agriculture, de l'industrie, du commerce, des cultes religieux, de la magistrature, du barreau, de la guerre, de la marine, des sciences, des arts, des lettres, des administrations publiques, des professions libérales, de la propriété, et des travailleurs de tous les ordres.

**Lui.** — Vous pensez donc qu'il nous faut avoir confiance?

**Moi.** — Écoutez ces derniers accents de ma conviction : les forces de la société française sont immenses. Contemplez-en le spectacle dans ces monuments que nous tenons des conquêtes de nos pères, et que le culte universel tient partout debout. Voyez la moralité du peuple, la douceur des mœurs, le respect de l'intelligence, le décri des formes violentes, l'expérience honorée, la politesse de la civilisation, l'enthousiasme des sentiments élevés, l'instinct général de la solidarité, la négation des factions, les sources de la richesse prêtes à verser des trésors nouveaux, la volonté des peuples sauvegardant notre intégrité, l'aspiration universelle vers la paix, l'ordre et le travail. Jetez les yeux sur les fonctions de l'agriculture qui embrasse, par l'effort de de vingt millions d'hommes, cinquante-trois millions d'hectares de terre, et dont le produit dépasse annuellement cinq milliards de francs ; sur le tableau des contributions directes, composé de onze millions de cotes ; sur la division de la propriété répartie entre quatre millions de citoyens ; sur ce faisceau de douze millions d'individus vivant en état de mariage. Le souffle des rêveries socialistes peut-il quelque chose contre ces forteresses inexpugnables où se conserve le sentiment traditionnel de la nationalité, de la famille et de la propriété? Voulez-vous une formule pour féconder ces éléments de la force de notre pays? il faut confondre la dissidence par le pouvoir du nombre, et réduire ses organes à la minorité suffisante, pour constater seulement la liberté de tous ; il faut s'emparer de cette magistrature d'ordre public dont les révolutions civilisatrices investissent chaque citoyen ; obéir aux lois et entraîner l'obéissance, courir aux rangs de la garde nationale, aux bureaux des contributions, à tous les scrutins d'élection; soutenir le crédit public par la confiance, les placements sur l'État et les offrandes; abdiquer le regret et l'amertume; semer la concorde et l'espoir; conjurer la perturbation des finances et la suspension du travail en ajournant autant que faire se peut les réformes domestiques et en maintenant le niveau des consommations; abriter, sous l'égide du vote secret, le triomphe de la sincérité politique, mais deviner les conditions du salut commun, qui sont la franche acceptation de l'institution nouvelle et le mandat d'en développer les conséquences, de réaliser ce que l'instinct du peuple a improvisé, et d'imiter, dans la pratique de cette œuvre, ses glorieux exemples de bon sens, de fermeté et de modération; s'associer, se serrer enfin, non comme des gens qui se blottissent, mais comme des hommes que le sentiment rallie, et dont la grandeur des événements élève le caractère et multiplie la puissance.

**Elle et Lui.** — Vos paroles nous touchent profondément. Vive la France!

IMPRIMERIE LACRAMPE ET FERTIAUX,
2, RUE DAMIETTE.

www.ingramcontent.com/pod-product-compliance
Ingram Content Group UK Ltd.
Pitfield, Milton Keynes, MK11 3LW, UK
UKHW022154260726
13993UKWH00005B/2363

9 782329 158464